Cyfres Ar Wib

HAWYS A'R BWRDD AWYR

Hawys a'r Bwrdd Awyr

Ian Whybrow

Lluniau
Tony Kenyon

Addasiad
Meinir Wyn Edwards

Gomer

Argraffiad cyntaf – 2005

ISBN 1 84323 512 9

Cyhoeddwyd gyntaf ym Mhrydain
gan Walker Books Ltd., 87 Vauxhall Walk,
Llundain, SE11 5HJ dan y teitl *Holly and the Skyboard*

ⓑ testun: Ian Whybrow, 1993 ©
ⓑ lluniau: Tony Kenyon, 1993 ©
ⓑ testun Cymraeg: ACCAC, 2005 ©

Dymuna'r cyhoeddwyr gydnabod cymorth
Adrannau Cyngor Llyfrau Cymru.

Cyhoeddwyd gyda chymorth ariannol
Awdurdod Cymwysterau Cwricwlwm ac Asesu Cymru.

Argraffwyd gan
Wasg Gomer, Llandysul, Ceredigion SA44 4JL

Cynnwys

Cododd Hawys ar fore ei phen-
blwydd yn saith oed a gwneud
ei thasgau fel arfer, er ei fod yn
ddiwrnod arbennig iddi.

Ar ôl gorffen y tasgau orau y medrai, agorodd yr anrheg oddi wrth ei mam a'i thad. Siwmper oedd hi, a llun bwrdd sglefrio arni.

Dywedodd Hawys y byddai'n edrych yn dda gyda'i gwallt coch.

'Mae'n ddrwg gen
i na allwn ni fforddio
prynu bwrdd
sglefrio go iawn
i ti,' ochneidiodd
Dad. Roedd e'n
sylweddoli cymaint
roedd hi'n ysu am un.

Dywedodd ei mam, 'Fe gei di

syrpréis bach
neis yn nes
ymlaen. Mae dy
gefnder, Robin,
yn dod draw i
chwarae. Bydd
hynny'n braf,
yn bydd?'

11

Doedd Hawys ddim yn hoffi dweud celwydd, ond doedd hi ddim am siomi ei mam chwaith.

'Ie, grêt!' meddai'n ddewr.

Cyrhaeddodd Robin mewn car mawr, a'i nani wrth y llyw.

Roedd Robin yn fachgen mawr, anghwrtais, ac roedd ganddo ben-ôl mawr. O dan ei fraich cariai'r bwrdd sglefrio drutaf yn y byd i gyd a hwnnw wedi ei addurno drosto â sticeri o bob lliw a llun.

Roedd Robin hefyd yn cario
pecyn bach ac fe roddodd
hwnnw i Hawys.

'Dyna ti, Cochen,' meddai. 'Llyfr o stampiau. Paid ag anghofio rhoi un ar dy lythyr diolch i fi! Ha ha, jôc dda!'

Ac fe chwarddodd yn uchel, ha ha bla bla!

Byddai'n dda gen i petai e ddim yn fy ngalw i'n Gochen, meddyliodd Hawys.

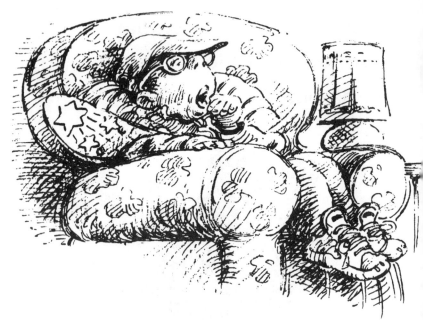

Bum munud ar ôl i Robin
gyrraedd, dyma fe'n dweud,
'Mae hyn mor *ddiflas*! Beth
sydd i'w wneud yma trwy'r
dydd? Does dim teledu hyd yn
oed yn y twll lle 'ma!'

'Allen ni fynd i sglefrfyrddio?'
awgrymodd Hawys. Roedd hi
wedi bod yn breuddwydio ers
amser hir am gael bwrdd sglefrio.

Yn ei breuddwyd roedd ganddi
fwrdd sglefrio â botymau hud
arno. Petai hi am wneud tric
anhygoel, dim ond gwasgu
botwm fyddai'n rhaid iddi.

Edrychodd yn hiraethus ar fwrdd sglefrio Robin, a gobeithio o waelod ei chalon y byddai'n fodlon iddi gael tro arno.

'Na! Byth bythoedd!' meddai Robin yn swta. 'Does dim parc sglefrio yma hyd yn oed, oes e?'

Atebodd Hawys nad oedd, ond bod ffordd dawel wrth gefn y tŷ.

'Dere i weld,' meddai.

Roedd rhiw serth yn mynd i
lawr ac i lawr, ac yna i fyny tuag
at ddrysau garejys mawr glas.

'Mae'r ffordd yn anwastad
iawn yma – gallen ni gael hwyl
wrth orwedd lawr i fynd dros y
twmpathau. Ac mae 'na ddraen
i'w osgoi wrth ymyl y pafin.'

'Sut wyt ti'n gwybod? *Merch* wyt ti,' meddai Robin. 'A beth mae'r hen ddyn gwirion yna eisiau?'

Gwelodd Hawys ei chymydog, Mr Morus Gwynt, yn sefyll yn ei ardd gefn yn codi llaw arni.

'Pen-blwydd hapus, Hawys,' galwodd. 'Ydych chi'ch dau am ddod draw i'r gweithdy i weld yr anrheg rwy wedi ei gwneud iti?'

'Dydw *i* ddim yn dod!' gwaeddodd Robin yn anghwrtais. 'Mae'n gas gen i anrhegion cartre!'

A bant ag e, fel y gwynt, i lawr y rhiw ar ei fwrdd sglefrio.

Rhedodd Hawys at gât y tŷ
drws nesa.

'Peidiwch â chymryd unrhyw
sylw ohono fe, Mr Gwynt,'
meddai. 'Mae e wedi cael ei
sbwylio'n rhacs. Mae e bob
amser yn anghwrtais.'

'Wel,' meddai'r hen ddyn, 'gobeithio na chei di mo dy siomi efo'r anrheg. Mae golwg digon garw a phlaen arni, cofia.'

Pan welodd Hawys ei hanrheg ar fainc weithio Mr Morus Gwynt, chafodd hi mo'i siomi. Cafodd ei *synnu'n fawr.* Cafodd ychydig o fraw hefyd, fel petai rhywun wedi neidio o du ôl y soffa a gweiddi 'Hei!' arni.

Roedd y bwrdd sglefrio *yn union* fel yr un yn ei breuddwydion, hyd yn oed y botymau oedd ar y top! Yr unig beth allai hi ddweud oedd,

'Waw, Mr Gwynt! Dydw i ddim yn *credu* hyn! Diolch, diolch, diolch!'

Roedd Mr Morus Gwynt yn falch iawn o weld Hawys mor hapus. Caeodd y gât ar ei hôl, ac wrth wneud hynny, trawodd y ddau bostyn yn ysgafn ac i mewn ag e i'r tŷ.

Roedd Robin mor brysur yn dangos ei hun fel na sylwodd ar y canghennau a dyfodd o'r ddau bostyn lle roedd Mr Gwynt wedi eu cyffwrdd, ac arnyn nhw ddail o bob lliw dan haul a chlystyrau o fariau siocled cyffug.

Chwarddodd Robin pan welodd
fwrdd sglefrio newydd Hawys.

'Hy! Dyna beth yw rwtsh!'
meddai'n sbeitlyd.

Ni chymerodd Hawys unrhyw sylw ohono. Gorweddodd ar ei bwrdd sglefrio a mwynhau'r cyffro wrth iddi rasio'n gynt a chynt i lawr y rhiw.

'Hawdd!' gwaeddodd Robin. 'Gwylia hyn. Fe ddangosa i beth alli di wneud ar fwrdd sglefrio go *iawn*!'

Dyma fe'n troi ei gap ar ei ben
a dangos i Hawys sut i sefyll ar
y sglefrfwrdd, penlinio arno,
neidio arno a gwneud triciau
gyda'r olwynion. Roedd yn
mynd yn gynt na'r gwynt a
wnaeth e ddim syrthio
o gwbl. Ddim
un waith.

Yna dangosodd
y lwmpyn o blastig ar y
cefn y gallai e roi ei droed
arno a gwneud i'r bwrdd neidio.
'Does dim un fel *hyn* ar dy
sglefrfwrdd di,' meddai.

'Nac oes, ond mae gen i fotymau,' meddai Hawys, gan ddangos y pedwar botwm bach dur wedi eu gosod yn y pren.

Chwarddodd Robin a dweud
taw hoelion sgriw oedden nhw.

'Dal yr olwynion yn sownd
mae rheina, Cochen!' gwawdiodd
Robin. 'Mae rheina gan *bawb*.
Does dim byd arbennig
amdanyn nhw. Edrycha!'

Gwasgodd yn galed ar un o'r
hoelion sgriw a dangos ôl croes
fach wen ar flaen ei fys.

Roedd Hawys wedi bod yn pendroni. Roedd y bwrdd sglefrio a gafodd ar ei phen-blwydd yn edrych yn union yr un fath â'r un yn ei breuddwydion – ond tybed a fyddai'n *gwneud* yr un triciau? Gan ddal ei hanadl, meddyliodd am ei hoff ddiod yn y byd i gyd – a gwasgodd yn galed ar y botwm chwith ar y top.

Yn sydyn, roedd Hawys yn
sipian diod fendigedig trwy
welltyn hyblyg, pinc – Coca-
Cola oer gyda hufen iâ blas
gwm cnoi yn arnofio arno a
cheiriosen goch ar y top.

35

'Hoffet *ti* un o'r rhain?' gofynnodd.

Cafodd Robin gymaint o sioc nes iddo syrthio ar ei ben-ôl!

'Rwy eisiau un!' gwaeddodd.

'Os gweli di'n dda,' meddai Hawys.

Roedd yn rhaid i Robin ddweud y geiriau, er eu bod yn groes i'r graen iddo.

'Os gweli di'n dda,' crefodd.

Gwasgodd Hawys y botwm
eto ac, ar amrantiad, cafodd
Robin lond cwpan o'r ddiod
orau a flasodd erioed – un oer,
llawn swigod a phelen anferth
o'r hufen iâ blas

gwm cnoi gorau

Hoffet ti gael un?

erioed. *Erioed!*
Doedd e
ddim yn
gallu
credu ei
lygaid.
'O ble
daeth e?'
gofynnodd
yn daer.

'Fe wasges i un o'r botymau
hud,' esboniodd Hawys.
Sugnodd yn galed drwy'r
gwelltyn a chrynodd y Coca-
Cola yng ngwaelod ei chwpan.
'Oooo!' ebychodd ar ôl
gorffen pob diferyn. 'Roedd
angen hwnna arna i.'

Rhoddodd y cwpan papur gwag ar ei bwrdd sglefrio, ac wrth iddi ei roi ar y pren brown tywyll fe ddiflannodd, *ffwt*, mewn pwff o fwg.

Agorodd Robin ei geg mewn syndod.

'Dere i sglefrfyrddio!' chwarddodd Hawys.

Tra oedd Hawys yn mynd trwy
ei thriciau, aeth Robin yn fud.
Ond pan ddwedodd Hawys
wrtho am fynd i sglefrfyrddio,
fe ddaeth ei lais yn ôl.

Gwylia hyn 'te!' gwaeddodd, gan daflu ei gwpan i'r llawr. 'Achos mae hyn yn anodd iawn, Miss Botymau-Hud!'

A dyma fe'n rasio i lawr y rhiw fel y gwynt, gan sgrechian nerth ei ben. Neidiodd i osgoi twll yn y ffordd, plygu ei bengliniau a bownsio'n daclus i fyny'r pafin, cyn troi rownd a rownd a stopio gyda chwmwl o lwch o flaen y garejys.

'Dy dro di nawr. Tria di wneud *hynna* ar dy ddarn pitw o bren,' meddai, a'i wynt yn ei ddwrn.

Gorweddodd Hawys ar ei bol ar y bwrdd sglefrio, a'i choesau'n llipa fel coesau broga.

Chwarddodd Robin ar ei phen. Chymerodd hi ddim sylw ohono, dim ond anelu tuag at waelod y rhiw, yn syth at Robin, a gwthio'i hun ymlaen gyda'i thraed.

Roedd ei thrwyn bron â chyffwrdd â'r ffordd, ac roedd hi'n teithio'n gyflymach na Robin hyd yn oed.

Wrth iddi
fynd yn gynt
a chynt, a'i gwallt
hir coch yn chwifio
y tu ôl iddi, dechreuodd
Robin deimlo'n nerfus.

Rhaid iddi wneud rhywbeth ar frys – llusgo'i hesgidiau pêl-fas ar hyd y ffordd neu rolio oddi ar yr ochr – neu fe fyddai'n taro'n erbyn ymyl y pafin, neu'n cael ei malu'n ddarnau mân

yn erbyn drysau'r garejys!

Rhoddodd Robin ei fraich o
gwmpas ei ben a gwneud ei
hun mor fach â phosib. Roedd
e'n barod i Hawys ei daro i
lawr fel sgitlen.

Dyna pryd y gwasgodd Hawys
un o'r botymau. Cododd y
bwrdd sglefrio ei drwyn ac esgyn
fel awyren i'r awyr.

Hedfanodd yn esmwyth
uwchben toeau'r garejys, ac yna
esgyn yn uwch eto a gwibio
uwchben y coed.

Edrychodd Hawys mewn
syndod ar y tai oddi tani, yn
fach fel teganau. Cododd drwyn
y bwrdd sglefrio a gwneud
dolen uchel drwy'r awyr.

Pwysodd yn ôl a disgyn i lawr
i gipio pluen ddu a gwyn o nyth
pioden, ac yna ei rhoi yn ei

gwallt. Llithrodd mwg pinc o
gefn ei bwrdd sglefrio ac
ysgrifennodd ei henw yn yr awyr
mewn llawysgrifen glwm. Yna
plymiodd ar ei phen a glanio'n
berffaith ar y ffordd, cyn rholio
draw at Robin a oedd fel petai
wedi glynu i'r tarmac.

'Amser cinio nawr?' meddai Hawys, mor cŵl â Choca-Cola gyda hufen iâ blas gwm cnoi'n arnofio arno.

Syllodd Robin ar y bluen
pioden yng ngwallt Hawys
drwy gydol amser cinio, gan
geisio meddwl am ffordd o gael
y bwrdd sglefrio oddi arni.

51

O'r diwedd, meddyliodd am gynllun penigamp.

Pan gyrhaeddodd y car i fynd â Robin adre, rhedodd at fam

Hawys a rhoi sws mawr iddi.
(Doedd e erioed wedi gwneud
hynny o'r blaen.)

'Diolch yn fawr iawn am gael
dod,' meddai. (Doedd e erioed
wedi dweud hynny o'r blaen
chwaith.) Yna dywedodd, 'Cyn i
fi fynd, hoffwn i roi fy mwrdd
sglefrio gwych, drud i Hawys,
ac fe gymera i ei bwrdd hyll,
hen hi. Beth amdani?'

Roedd Hawys yn rhy syn i'w
ateb, ond diolchodd ei mam a'i
thad i Robin am ddod, a
theimlo fod Hawys yn ferch
lwcus iawn fod ganddi gefnder
mor garedig.

Crwydrodd Hawys ar ei phen ei
hun o gwmpas yr ardd, gyda
bwrdd sglefrio Robin o dan ei
braich. Ochneidiodd yn drist.

'Beth sy'n bod, Hawys?'
Clywodd lais o du draw i'r
ffens. 'Ydy dy gefnder di wedi
mynd adre?'

'Gobeithio na fyddwch chi'n
grac, Mr Morus Gwynt,' llefodd
Hawys, 'ond mae Robin wedi
cymryd y bwrdd sglefrio hyfryd
ges i gennych chi ac wedi rhoi
ei un e i fi.'

'Dydw i ddim yn grac o gwbl, Hawys fach,' meddai Morus Gwynt. 'A dweud y gwir, cefaist ti fargen dda. Ga i gip ar hwnna?'

Estynnodd Hawys y bwrdd sglefrio dros y ffens. Gafaelodd Morus Gwynt yn y bwrdd â blaenau ei fysedd a chyffyrddodd â'r pren llyfn a theimlo'r ymyl metel oer.

'Wel, mae hwn yn dipyn o fwrdd,' gwenodd, a'i roi'n ôl i Hawys.

Pan edrychodd Hawys arno
eto, sylwodd ar bedwar botwm
dur, crwn yn lle hoelion!

'Awyr-sglefrio hapus i ti,
Hawys!' meddai Mr Morus
Gwynt.

PENNOD DEG

Yn y cyfamser, allan ar y
draffordd, roedd tagfa draffig
fawr.

Ac ynghanol y dagfa draffig
fawr roedd 'na gar mawr.

Ac yn sedd gefn y car mawr
roedd 'na fachgen mawr
anghwrtais a chanddo ben-ôl
mawr.

Ac fe roddodd y bachgen mawr
â'r pen-ôl mawr sgrech enfawr.

Oherwydd waeth faint roedd e'n gwasgu a gwasgu'r botymau ar ei fwrdd sglefrio newydd, yr unig beth roedd e'n ei gael oedd siâp croes wen ar flaen ei fys!

*Cysylltwch â Gwasg Gomer
i dderbyn pecyn o syniadau
dysgu yn rhad ac am ddim.*